바람 불고 고요한
김명리 시집

—

—

—

문학동네시인선 179 김명리

바람 불고 고요한

시인의 말

돌아보면 돌이 되는 길
막막하고 가엾은 시간들을
나 걸어왔으리
아득히 홀로 여기에
이 슬픔에 이르렀으리
탄식과 비탄 속에서도
햇빛은 좋았네
바람은 때때로 잠잠했었네
당신은 거기에서
나는 여기에서
꽃잎처럼 또 흩어져가리

2022년 9월
김명리

차례

4부 꽃잎 너머

1부

바람 불고 고요한

앵두

기억나는 대로 말해봐
기억해내기가 그토록 어렵니?

꽃 피우지 않을 때
너 거기 있는지 몰랐다
죽은 줄만 알았던 한 그루 앵두나무의
검고 딱딱한 가장귀에 앵두, 앵두, 앵두
세상에서 가장 작은 꽃등불들이
가지가 휘어지도록 열렸다
나는 쓴다, 앵두;
그 누구도 눈치채지 않게
지구에 정박한 가장 고요한 소행성!

앵두꽃

어제 내린 비에
앵두나무 앵두꽃이 홀연 만발해 있다
만개한 앵두꽃은 처연히 아름다워서
냉담한 삶 속으로 날아든
한 무리 나비 떼의 아쩔한 환영 같기만 하다
앵두꽃이 일시에 활짝 피면
모가 한꺼번에 나간다고 하니
진펄에 떨어지는 촛농인 듯
바짝바짝 타들어가는 마음의 벼농사
명년엔 못자리 물을 너끈히 댈 수 있으려는지
작년에는 해거리하느라
꽃과 열매를 내어놓지 않은 앵두나무다

풀의 무게

마당에 내놓은 빈 화분에서
어느 틈에 풀들이 자라고
웃자란 풀들
가을볕 틈서리에서 골골거리며
다시 시들어간다

심은 적 없는 풀들이
고만고만한 가냘픈 허우대로
허공의 무게를 떠받치고 섰으니

꽃대 스러지고 난 흙 속의
또다른 풀씨들이 밀어올린 풀일까
마당 귀퉁이 애옥살던 풀씨들이
마파람에 불리어
빈 화분 속으로 날아든 것일까

지상의 풀이란 풀들은 어디로 불려가서
저 초록을 벗을까
초록의 무게를 내려놓을까

풀의 무게란
잠시 번성했던 초록의 무게

입술을 열면 타버릴 것 같은 세월도 데리고 간다   ─

바람 불고 고요한

죽은 줄 알고 베어내려던
마당의 모과나무에
어느 날인가부터 연둣빛 어른거린다
얼마나 먼 곳에서 걸어왔는지
잎새들 초록으로 건너가는 동안
꽃 한 송이 내보이지 않는다

모과나무 아래 서 있을 때면
아픈 사람의 머리맡에 앉아 있는 것 같아요
적막이 또 한 채 늘었어요

이대로 죽음이
삶을 배웅 나와도 좋겠구나 싶은

바람 불고 고요한 봄 마당

이월 블루스

밤에서 밤으로 꿰맨 듯
눈 내린 골짜기의 날짜들 어둡다 고요하다
허공의 폐간이역마다 백열등 매달아
새의 동공을 들여다보고 싶은 달 이월
마당가 백목련 나무의 가파른 우듬지에서 한 새가 울면
산비탈 밤나무 군락의 움푹 팬 경사지
어두운 틈서리에서 또 한 새가 운다
울음소리의 맨 밑바닥에 고여 있는 것은
빛일까 어둠일까 한 잎, 또 한 잎
엷푸른 빛으로 짧게 끊어 우는
쇠박새 울음소리의 북방한계선은 어디쯤일까
일 년 열두 달 중 슬픔의 잔고가 가장 두둑한 달 이월
궂은일 아픈 일의 나머지는
내생에서나 탕감받아도 좋으리
송이눈이 흐르다 멎다 다시 소용돌이치는 산비탈
풍게나무 빈 나뭇가지에 기대놓았던
지푸라기 망루가 무너지고
설마, 했던 사람의 부고가 날아들고
경기도의 스카이라인이 한층 딱딱해졌다

저렇듯 작은 기미들이

내가 사는 곳은 지대가 제법 높아
바람 거세고 비가 잦은 편이다
밤이면 인기척이 없어도
현관의 센서 등이 갑자기 켜질 때가 있는데
센서를 가동하여 등을 켜는 놈들은
대개가 무당벌레들이다
거기가 사랑을 나누는 최적의 장소인 듯
불이 들어올 때의 이 녀석들은
암수 한 쌍이 바짝 들붙어 있다
잊혀진 기억들 문득 되살아나
가슴을 쓸어내리게 되는 때도
저렇듯 작은 기미들이
영혼과 신체의 재봉선,
그 어스름 내린 불수의근에 가만가만
황홀한 센서 등을 켜는 것은 아니겠는지!

산자락 아래 봄 햇살

잔디 씨들이 초록을 부풀리는 소리 들린다

담장에 붙어선 생강나무 한 그루
송이꽃들을 연노란 초롱처럼 매달고 있다

손 내밀어 움켜쥐면
이내 바스락거리는 미농지 같은 꽃잎들

슬픔이나 기쁨
삶과 죽음이 끝내는 자웅동체라는 것을
저토록 온몸으로 보여주는 것들이 있을까

바람에 휩쓸려가는 분분한 풀의 씨앗들의
이내 흩어질 연분홍 구름 그림자로 얹혀
나는 또 몇 며칠
생의 분통을 있는 대로 엎질렀으니

이 화창한 봄날의 심심한 낡은 자전거 위
뭉게구름 같은 몽고반점 들썩이며

이 마을 저 마을 골목길을
삐뚤빼뚤한 영원처럼 오래오래 달리다나 와야겠구나

봄날, 노근란도를 그리다

신록의 눈금이 빗줄기처럼 촘촘해지는 봄날 오후에 낙향한 필경사가 털 없는 붓으로 흙 없고 가지 없는 난의 뿌리를 그린다

송(宋)의 유신(遺臣) 정사초(鄭思肖)의 심정을 빗줄기 꺾어 모아 헤아려 쓰기를

그대 뺨 위로 드리운 복사꽃 살구꽃이 실은 허공의 고름 주머니요 세상에 베인 상처는 몸속으로 난 길이 아니니 더는 깊이 네 안으로 파고들지 말거라

황망지간에 오색 주전골 낙뢰 맞은 소나무 둥치에 주질러 놓았던 댓바람 속 화염을 단검처럼 뽑아들며

벌벌벌 떨리는 수전증 앓는 손이 노근란 굽은 뿌리 옆으로 새파란 어린 난 한 굽이를 단숨에 내리치나니

무 밑동 닮은 누대의 달과 꽃과 새와 시내와 바윗덩이가 화선지 위로부터 우르르 쾅쾅

잡풀 무성한 내 집 마당의 물 없는 우물 속으로 대번에 굴러떨어지더라

초춘의 아침부터 맹동의 저녁답까지 우왕좌왕 비의 냄새 바람의 자취로만 불려다니던 미친 봄날의 노근란도(露根蘭圖)가

사람 떠난 집터 잡풀 무성한 옛 우물 속에서 삼백 년 세월 만에 그 잡스러운 뿌리를 기어이 활짝 드러내었다고 하더라

진눈깨비

삼월이라고 쓰고
십일월이라고 읽는다

선득선득 살얼음 낀
구름장들도
드센 바람 불면
그대로 휘날릴 듯하다

쌀 씻어 안쳐놓고
고양이들 밥 주고 들어와
시린 손으로 옛시를 적는데

죄다 흘러갔으리라 여겼던
옛 마음 한 자락

갯물처럼 흘러온다
또 한바탕 암향
속절없이 번진다

진부령에선 들끓기만 하고
한계령에선 붐비기만 하던
부서진 얼굴의
저 물고기 떼들

천둥 같은 봄날의
수채 구멍 속으로
하숫물처럼 흘러내린다

파위교

해질녘, 저 박명의 시간
여름꽃 향기 더없이 짙어지는 블루 아워에
물골안 파위교로 날아드는 뭇 새들은
봄꽃 나무 텅 빈 가지 흔든다
매화말발도리, 매화말발도리……
납작한 부리 뱃바닥 붉은 새들이
앞서거니 뒤서거니 산방꽃차례로 운다
저녁해의 불꽃 이내 흩어지고
서둘러 잎 내고 꽃 피우던 여름꽃 진다
체로금풍의 시절이 머지않았으니
여름의 핏자국들 이내 희미해지리
우리도 끝내 자욱이 돌아서리라
대오를 벗어난 새 한 마리 안 보이는
적막한 하늘 아래
어느 꽃의 붉은 꽃잎 푸른 꽃받침이
저다지 낮게 고요히 덜컹거리는지
슬픔이 서로 다른 빛깔로 마중 와 있는 파위교

초롱이 생각

햇볕은 쨍하지만 바람결은 면도날 품은 듯이 날카롭다 잔설 뒤집어쓴 마당가 나목의 가지들도 파랗게 날이 서 있다 특별히 먹은 것 없이 토하고 설사하기를 사흘째, 바늘로 손가락을 따니 시커먼 피 연신 솟는다

몇 며칠 비어 있는 속 다스리려 냉장고를 뒤지니 지난 동짓날 견성암 주지스님이 싸주신 팥죽이 여태 남았다 가스 불 위에 팥죽 올려놓고 끓어오르는 것 지켜보자니 초롱이 보고 싶은 생각이 간절하다 멧돼지에 물려 큰 상처 입고 절집으로 찾아든 초롱이, 스님이 거두어 천신만고 끝에 살려낸 유기견이다

상처 아문 초롱이는 요사채 툇마루에 앉아 참배객들 올 때마다 두 발 모아 합장하는 것으로 목숨 구해준 은혜를 갚고 있단다 지난 동짓날엔 오는 비 맞으며 어딘지 먼 곳, 하염없이 먼 곳을 바라보며 우두커니 빗속에 서 있던 초롱이

춘몽

온통 헝클어진 머릿속을 갈앉힐 수 있을까 싶어
다 저물녘에 북한강에 닿는다

이런 어스름녘엔
가래나 마름, 벗풀 따위 부엽식물의 푸른 잎사귀들이
시간의 생식기와도 같이 부풀어오르고
침강 저류지에는
청둥오리 쇠오리 떼들이 미광처럼 떠 있다

때마침 운길산 수종사에서 저녁예불을 올리려는지
가만가만 빛의 기중기를 끌고 오는
적요한 역광 속으로
산허리를 휘감아 내려온 범종 소리
저무는 강의 물살 위로
나비날개처럼 나직이 엎혔다 삽시에 흩어지곤 한다

바람 불고 고요한
무변광대한 시간의 저 틈새를
무사히 빠져나가기란 애시당초 글렀지!
중얼 중얼중얼 해걷이바람 속을
진동걸음으로 앞으로 걷다가
뒤로 또 내닫으며 돌아오는데

재봉선이 마구 흐트러진 연가풍으로
운길산 정상에 박혀 있는 별들이
처연히도 털 달린 짐승의 울음소리를 낸다

무화과는 미풍에 시들어가고

겨울 북한강은 하늘도 잿빛이고 물도 잿빛이다
해발 삼천 미터 상공에
낮밤이 교차하는 간이역이 있다
명아주 문양의 물집을 왁자하게 매단
경첩 소리 울리며 날아오르는 겨울 북한강
눈 깜짝할 사이의 물소리의 항적을 비밀에 부치면
화성은 짐짓 서쪽으로 흘러 있고
미성은 중천에 떠 있다
비계를 오르내리며 눈발을 녹이는 용광로 탓에
커다란 눈물방울 닮은 해와 달과 별
입술에 뺨에 무화과즙 바르고
사랑을 나누고 사랑을 뿌리치던
가을날의 무화과는 미풍에 시들어가고
편경 소리 울리는 먼 산의 잔설
은두(隱頭) 꽃차례로 휘몰아치는 삭풍의 짙푸른 잎새들

먼 강물과 덜컹거리는 산그늘과 분홍수련과

물 위에 마음을 내려놓으면 첨벙, 소리가 날 듯한 오후다

꼬리조팝나무의 분홍화관을 스친 왜가리 한 마리가 덜컹
거리는 산그늘 쪽으로 종종걸음 치는 우기의 늦은 오후다

연꽃 봉오리에 내려앉은 좀잠자리는 화경 오 밀리미터 연
노란 유리대롱 닮은 결가부좌를 언제 풀 텐가

물 위에 떠가면서도 짐짓 물냄새 쪽으로 기우뚱거리는 나
여, 하늬바람에도 쏟아지는 구름 그림자여

먼 강물과 덜컹거리는 산그늘과 분홍수련과

이것들이 피어나고 지고 스미고 번지는 우기를 지내고 나
면 부레 없는 슬픔도 한 생애의 기나긴 장마도 끝난다 한다

한날한시

팔당댐은 오늘 수문을 열어두었다

장맛비에 떠내려온
부유물 가득한 더러운 강물 위로
꽃과 새와 잠자리와 구름 그림자가
가까스로 떠 있다

스티로폼 조각 위의 흰뺨검둥오리와
연꽃 봉오리에 내려앉은 검은물잠자리와
물 잔뜩 머금은 구름 그림자가
한날한시에. 같은 물 위에.

아름다움이 처연함 사이로 흘러간다

어둡다 우리가 잠시 여기 서서 저무는 사이
한날한시가 다 함께 어두워졌다

몬순 시절

제주 저물녘에 검푸른 애월 바다에
오고 오고 오는 이슬비의 만수위를 봅니다
가고 가고 가는 가랑비의 만수위는
또 누가 흘려보내는 가랑잎인지
무섭게 불어난 물살에 초록 발 달린 것들
분홍 입 달린 것들 죄다 떠내려갑니다
만지면 새카만 어스름이 묻어나오는 냇골
기억의 몬순 시절에도
비 내리지 않은 날 없었지요
보름사리 지나는 물의 낭떠러지 위에서도
만재흘수선으로 잠잠했던 뱃머리
파랑주의보와 폭풍 경보 사이
속눈썹 불탄 흔적으로 뛰어내립니다 떠내려갑니다

산유리에 해가 진다

산유리에 닿기 전에 가을 해 지겠네
물길 거세느니 산세 험하느니 해도
거기까지 다다른 막다른 길 있어
산비탈 초입의 느릅나무 노목 아래 평상 놓이고
그 노거수 올봄에 틔운 햇이파리마다
먼지 같은 세월은 머뭇머뭇
반짝이며 앉았다 가겠네
명주 실오라기 같은 초가을 햇살이
조롱조롱한 고춧대 속으로 몰려드는데
인기척 없는 마을의 뚝갈, 까마중, 왕고들빼기
저마다 곧추세운 손가락 한두 마디 같은
뿔뿔이 외로운 고요의 창검으로 울타리 둘렀다
산유리 에워싼 문학산 산그늘이
홍단풍 가지 위로 와자지껄 내려앉으며
저희는 또 저희끼리
이 길이 생의 막다른 길이어도 좋다고

밤의 해변에서

새벽 두시 바다에 이르렀다 휘황한 밤이다
잠들지 않은 아이들 이리저리 몰려다니며
불꽃놀이 한창인 해변을 맨발로 걸었다
부서진 조가비들이 사람의 맨발보다 먼저
아얏, 비명소리를 지르는 밤의 해변
먼 바다 고깃배들의 탐조등 등빛 쪽으로
봉두난발 파도 소리, 내 마음의 철천지원수들
희희낙락 떠내려가는 소리
영금정 누각 위로
어둠이 방동사니 풀처럼 휘청거릴 때
내몰하는 파도의 저 이백 미터 상공 위로
막사발만한 달이 떴다

캄캄해져라, 마저 캄캄해져라
확 채어서 그대로 내동댕이치고픈 상현(上弦)

2부

포무의 세계

김치박국 끓이는 봄 저녁

기억에도 분명
맛의 꽃봉오리, 미뢰가 있다
건멸치 서너 마리로 어림밑간 잡아
신김치 쑹덩쑹덩 썰어 넣고 김칫국물 넉넉히 붓고
식은밥 한 덩이로 뭉근히 끓여내는
어머니 생시 좋아하시던 김치박국
신산하지만 서럽지는 않지
이 골목 저 골목 퍼져나가던 가난의 맛,
기억의 피댓줄 비릿하게 단단히 휘감아들이는 맛
반공(半空)의 어머니도 한술 드셔보시라
뜰채로 건져올리는 삼월 봄하늘
봄 나뭇가지 연둣빛 우듬지마다
천둥처럼 퍼부어지는 저 붉은 꽃물 한 삽!

이 별에서 붐비는 것들

당신 떠나보낸 자리에 흰 그늘이 깊다
모여 앉았던 식탁의
숟가락 젓가락 놓였던 자리에
적막이 꽃잎처럼 앉았다
한번 떠나면
두 번 다시 되돌아오지 못하는 길이 있다는 것을
밥상 차릴 때마다 문득
처음인 듯 깨닫게 된다
마당가 얼음은 오래전 다 풀렸는데도
어디서부턴지 흩날려 와 붐비는 이별들
저녁 무렵부터 캄캄해지더니
눈보라다
길고양이 오디가 지붕 위에 올라앉아
눈송이들을 바라본다
나목의 가지마다 붐비는
이내 쏟아져 내리는 눈꽃 밥상
내게는 안 보이는 그 먼 곳을
하염없이 바라보는
고양이 눈 속에도 반짝 눈물이 고였다

밥꽃

밥은 많이 먹었느냐고 밥은 많이 먹었느냐고

잠깐만 눈앞에 안 보여도
엄마는 같은 말만 되풀이하시네

엄마의 꽃밭에는 밥주걱꽃
밥공기꽃 밥숟가락꽃 만발해

요양병원 중환자실 침상이 거대한 압력밥솥 같아

손바닥만한 유리창
금세 또 부옇게 흐려지네

그리움만으로도 훈김 오르니

한세상 끓어넘치는 건 눈물 아니고 밥물이란다

피었는가 하면

사월 끝자락에야 골짜기 집 마당에 화신이 도착했다

산자락 잇댄 뒤꼍 경사지에는
바라보는 것만으로도 숨 멎을 듯 앵두꽃
앞뜰 수돗가에는 조랑조랑 물앵두꽃
마당가 목책 둘레에는 백목련 자목련
벚꽃과 매화가 반공을 허물며 만개하였다

다 저녁녘에 엄마께 다녀왔다 늦은 성묘다
일몰의 하늘 아래 무덤가 다북쑥 무성하고
뫼제비꽃들 조요로이 고개들 내밀고 있었다

비석에 새겨진 생몰연대 위로
헛기침처럼 스민 새의 깃털을 쓸어내렸을 뿐인데
어느 바람에 불려온 꽃잎 한 장인지
잠시잠깐 중력을 거스르며
지상에서 가장 무거운 눈물의 추를 드리우더라

꽃이든 정분이든 피었는가 하면 지더라
모레쯤 큰비 내린다니 마당가 꽃꽃들도
언제 피었냐는 듯 죄 흩어져 내리리라

망인의 처소도 연년이 드넓고 둥글어지리

토마토

토마토 속에 그렇게나 많은 선홍색이 감추어져 있다는 것
을 처음 알았다

날이 급작스레 서늘해졌기에 새벽녘에 이불 덮어드리려
엄마 방 들어서다 불에 덴 듯 놀라 비명을 질렀다 이불이며
요며 베갯잇이 온통 선혈로 가득했기에

침착해지려 애쓰며 잠든 엄마를 흔들어 깨웠다 어디서부
터 피가 시작되었는지를 살폈다 뺨에서 입술, 잠옷 앞섶에
도 선홍색 물이 짙게 배 있었다

딱 한 개를 먹었을 뿐이다, 딱 한 개를… 과거의 기억들은
표백되고 주위 사물들 간신히 분별할 정도로 치매 증세 하
루하루 깊어지시는 엄마

한밤에 식탁 위 토마토를 씻지도 않은 채 방으로 가져가
서는 누운 채 허겁지겁 드셨던 모양이었다

세탁한 이불과 옷가지들 마당의 빨랫줄에 내다 너는데 비
갠 오후의 가을빛 눈부셔라 눈물 핑 돈다 가을꽃치고 붉은
꽃 못 보았지, 보는 이 없으니 웃어도 본다

빗낱에 씻기는 항아리들

엄마 병석에 누우신 뒤부터는
우리집 장꽝에 된장, 고추장 없네
오이, 양파, 마늘, 더덕장아찌 없네

물 잔뜩 담은 채 오가는 매지구름
뚝 끊긴 쇠박새의 울음
애반딧불이의 새파란 꽁무니들이 들었을라

빗낱에 씻기는 항아리들 속에는
세월 징한 둥근귀코끼리 한 쌍
수풀떠들썩팔랑나비의 곤한 날갯짓

이천만 년 전부터
숨 잔뜩 웅크린 코끼리 코들
줄무늬비단빛으로 깜쪽같이 뒤엉켜 있을지도 몰라

추석 명절 오후

까마귀 울음소리 낮게 들린다
구름 그림자 머뭇거린다
차례상 물리고 탕국에 말아 한 수저 뜨고
제기들 씻어 엎어놓고 나니
저녁 빛이 시간의 그을음처럼 내려앉는다
기억의 총량이 봉숭아 꽃씨만큼이나 작아진
아픈 엄마 등지고 앉아
속닥속닥 큰어머니 돌아가셨다는 전화 받는데
도대체 누가 죽었다는 게냐?
큰어머니가 누구냐?
가을 뜨락의 꽃빛 찬연하기만 한데
여기저기서 죽음의 총포가 울린다
산골짜기 집 기우뚱한 굴뚝 위로
기억의 불티처럼
갈까마귀 떼 날아오르는 추석 명절 오후다

대나무꽃

장독대 옆의 대나무 두 그루
빗물에 쓸리며 흔덕이며
해 지는 방향으로 이파리를 날리고 있다
아버지 어느덧 돌아가시고
어머니 자꾸만 그쪽으로 돌아누우시고
하필이면 이런 날 비 오는 날
오이지 담그느라
누름돌 삶고 소금물 끓인다
빗물 소금물 눈물, 눈물 빗물 소금물
오는 비 다 맞으며
쥐어박힌 듯이 우는 멧비둘기 울음소리 듣는데
어떤 슬픔은 그 봉우리가 너무 높아
정상에 다다른 사람이 없다는 걸
모를 리 없는데
이내 자욱한 앞산 산마루는
초저녁부터 어디로 숨었는지
장맛비에 들까부는 댓잎들 사이사이
수천 날 연무로 희부옇게
내 서러움 꽃피우는 저기 저 대꽃 망울들!

엄마

딛고 선 겨울 저수지의 얼어붙은 입이
발밑에서 쩍, 하고 갈라질 때
온몸이 내지르는 말이 엄마다

한낱 축생도 난생 벙어리도
오장육부 오므렸다 펼치면
한 호흡에 저절로 발성되는 말… 엄마

내 엄마의 엄마는
엄마가 일곱 살 되던 해
난산 끝에 돌아가셨다고 한다

곰보라도 째보라도 좋으니
엄마라고 불러볼
엄마가 있어봤으면 좋겠다고
땅거미 내린 먼 목소리로
자주 자주 혼잣말하시던 엄마

달의 엄마 별의 엄마
나비 떼 엄마들 둘러앉아
분단장하는 화엄꽃밭이 거기 있는지

어금니에 단단히 머금는 것만으로도

소태 내린 입속이
무화과 속꽃 핀 듯 환해지는… 엄마

드림캐처

불속같이 달구어지던 여름이었으나
꽃 진 자리마다
콩꼬투리들 연둣빛으로 환하다

바람 불어올 때마다
괜찮지? 이제 괜찮지?
달그락달그락 소리를 낸다

당신 떠난 후 거센 바람 불고
몇 번의 세찬 비 다녀갔을 뿐인데

괜찮아요, 괜찮고 말구요

기울어가는 박공지붕 스치며
뒤뜰의 자귀나무
잎새마다 왁자히 폭음탄 터뜨리고 있다

작별인사

돌아가시고 난 후부터 책상 앞에 두어온 엄마의 영정을 책장 위 손 안 닿는 곳으로 옮겨 모셨다

숨을 거두던 순간까지 약지에 끼고 계시던, 오십 년 넘어 당신 몸에서 떼어놓지 않으셨던 빛바랜 산호반지를 서랍 깊숙한 속으로 밀어넣었다

맑은 물 떠놓고 오래 절했다 훨훨 멀리멀리 가시라, 그 누구의 딸도 그 누구의 엄마도 아닌 부모미생전(父母未生前)의 망망대해, 그 빛, 그 어둠의 커커한 광활 속으로 이제 단호히 걸음을 옮기시라

영정 속의 엄마께 아침저녁으로 문안드리던 시간들을 접었다 춘하추동의, 그 이목구비인 꽃꽃과 잎잎의 신생으로 산하의 피돌기 처처에 되피어날 엄마,

생하고 멸하며 멸하고 생하는 뭇 서럽고 아름다운 만상으로 끝없이 회향하고 계실 나의 엄마… 엄마, 이제 더이상 돌아가신 엄마를 눈물로 호명하는 일은 없을 것이다

과녁

눈 펑펑 내리는 날
겨울 골짜기의 나무들은 이름이 없다
이름을 벗는다

환원이어도 좋고 표백이어도 좋다
수렴이면 어떠리

눈뭉치들이 바람개비처럼 돈다

뭉개진 과녁이
금세 또 생겨나는 소리
눈물이 눈물 위로 얼어붙는 소리

동서남북 팽팽한 격발의 힘
조각자나무의 가시마다 또렷이 얹힌다

포무의 세계

어제 내린 눈이 채 녹지 않은 송라산 골짜기
허기를 달래러 내려왔는지
어린 고라니 두 마리 잎 진 목련나무 아래 서성이고 있다

장독대 위 소복한 흰 눈을 대지의 시루에 쪄서
백설기라도 만들어 먹이고 싶은 마음,
마음에 바짝 가까이 두어보고 싶은
불명(不明)의 시간들 깊어가고 있다

신발 꿰고 현관문 여는 사이 어린 고라니들은
나뭇가지 같은 긴 다리로
자신들의 거처인 어둠 속으로 되돌아가고 말았다

잎 진 목련나무
텅 빈 가지 속으로부터 시작되는 포무(苞茂)의 세계

밤의 베갯잇 속에는
손바닥만한 초소형 제설차 한 대
지금은 검은빛 흰빛으로 흩어진 나의 어머니

연푸른 종소리 울리는 산들바람 소리도 가득 들앉았으리

월담

이맘때쯤이면 어김없이
아랫집 장미넝쿨이
불두화 꽃송이들이 담장을 넘어온다

푸른 눈이 화등잔만한
그 집의 히말라얀 고양이도 넘어온다
담장 위 올려놓은 새 모이그릇
다육이 화분들 대번에 엎어지며

그렁그렁 맺혀 있던 것들이
마당가 초록이끼 위로
짐짓 몸피를 드러내기도 하는데

달이 수심으로 꽉 차는 이맘때이면
비슈누의 멧돼지 화신인 바라하의
검붉은 눈동자 속

그 아득히 지상에 닿지 않는 설산의 그림자며
생시의 엄마 냄새 닮은
서늘한 물향기 같은 것들이
내 집의 담장을 슬슬 넘어오기도 하고

상갓집 대문간에서 멈칫거리던

푸르스름한 어둘 녘이
망자의 발걸음을 좇아
저승까지의 긴 긴 담벼락을
매오로시 타넘어 가기도 하는 모양이라

3부

혹은 당신 혹은 고양이

노래가 왔다

세상에 이다지 작은 노래가 있었네

천변 풀섶에 버려진 아기 고양이
꼬리가 꺾인 채
하염없이 울고 있는
종주먹만한 고양이 한 마리를
집으로 데리고 왔다

노란 털빛에
두려워 떠는 커다란 갈색 눈동자
잘못 안아 들면
금세라도 흩어져버릴 것만 같은
솜털만한 무게가
영락없는 우리들의 시

가을 태풍에 덜컹거리는
어떤 이별도
등빛 아래
내 품에 잠들어라, 노래야

노래가 왔다
세상에나
이렇게 작은 나의 노래가

세상의 오후

준동하는 밤의 밑바닥을 헤매 다니던 길고양이들이 사람
의 집 현관 매트 위에서 늘어지게 자는 오후다

무무와 모모와 제제가, 콩과 오디와 버쩌가 가슴털 부풀
리며 첨벙첨벙 오수에 잠겨 있는 늦여름 오후다

세상에는 고양이들이 있고 고양이들이 한가롭게 잠든 오
후도 있다

바람 한 점 없는 폭염주의보 속 오늘의 날씨가 견딜 만해
지는 여름 오후다

혹은 고양이 혹은 당신

물과 사료를
내어놓았을 때부터
뒤뜰에 고양이들이 늘어간다

히말라야시다의
무섭도록 짙푸른 그늘 속에서
그토록 오래
당신을 기다렸을 때부터

전신에 물결무늬 타투를 한
내 생의 저녁빛을
고양이들이 잠식한다

칭짱열차에 무임승차한
바단지린사막
그 물 냄새 가득한 모래폭풍처럼

절취선 없는,
바닥없는 슬픔을
온몸으로 내어누르는 유일한 악기

혹은 당신 혹은 고양이

고양이장마

세찬 비 내리다 환하게 갰다 다시 후드득 듣는 모다깃빗
속 고양이 사료에는 잔뜩 곰팡이가 슬었다 산중턱 톱밥 공
장이 떠난 뒤부터 삶의 주둥이가 온전히 뜯겨나간 고양이
들 사료 포대를 망연히 바라보는 고양이 등털 위로 와자하
게 몰리는 빗소리다

빗줄기를 열고 딸기우유 두 팩을 내밀며 가만 다가가니 어
미 고양이는 흠뻑 젖은 그대로 우유 한 종지를 금세 비운다
어린아이 종주먹만한 두 마리 새끼 고양이들은 숨었다 빼꼼
내다보다 우유를 핥다 다시 숨기를 반복한다

어떤 삶에는 분명 상처받은 작은 짐승들이 상처뭉치 인간
들에게 위로가 되어주는 날들이 예비되어 있는지 코팅이 반
나마 벗겨진 물로 된 구슬, 저 밑도 끝도 없는 야바위 같은
영원 속 는개처럼 피어오르는 고양이장마다

불 꺼진 눈

마당 한 귀퉁이 얼어붙은

죽은 길고양이 한 마리를
묻어주었을 뿐인데
온몸에 마른 잎사귀 돋아나고 있네

눈은 영혼이 들고난 창구였는지
죽은 짐승은 눈부터 썩어들어간다

한때 사랑의 욕망이
한때 살육의 욕망이 넘나들었을 눈

언제 폐쇄되었는지 알 수 없는
이 우체국 창구에서 돌연
건재약 냄새가 난다

내 고통 나의 괴로움에
아아무도 손대지 말라는 듯

지금은 다만 불 꺼진 눈
두 눈이 움푹 팬 잿빛 고양이가 은단풍나무 아래

한계령

바람 불고 어둡고
초저녁부터 철시된 가설식당 앞
네 마리의 길고양이들
고양이들이 하나같이 다른 데, 먼 데를 보고 있다

겨울이 시작되는 곳, 긴 긴 몽유 속을……

봄의 파동

지난 추위에 어린 길고양이 두 마리가
집의 뒤꼍에 잇댄 골짜기에서 동사하였다

꽝꽝 언 몸을 가까스로 떼어내
양지바른 곳에 묻어주었더니
다음날 아침 고양이 발자국들이
마당의 눈밭에 빼곡하였다

현관문 앞에 새끼손가락만한
생쥐 한 마리가 오롯이 놓여 있는데

에구머니 놀라 비명을 지르면서도
마음의 찌든 때
삽시에 흩어지는 듯한 이 자욱한 파동

발밑에 스미는 봄 냄새의 파동을
저이들도 분명 알고 있음이렷다

향기의 집은 어디일까

고래산 중턱에 버려진
갓 태어난 아기 고양이를
집으로 데리고 왔다
향기라 이름 지어주고 보살피려 애썼으나
곁을 주지 않았다
데크 밑 비좁고 어두운 곳에서
낮고 애처로운 울음소리로
자신이 그곳에 있음을 알리고는 했다
오늘 향기가, 처음으로
세상 바깥으로 나왔다
햇살 좋은 마당가 나무벤치 위에서
뒹굴뒹굴 혼자서 논다
향기야 부르니 드디어
온다 강아지풀만한 앞발을
내 손바닥 위로 냉큼 포갠다
아아 어둠 속에서 홀로 저만치나 자랐다!

그 나무 아래 햇빛

추석 차례상에 올릴 탕국 끓이고 전 부치다
한숨 돌릴 겸 마당에 나왔더니
마당가 공작단풍나무 앞이 홀연 환하다
그 나무 아래 두 달 만에 돌아온 고양이 향기가
웅크리고 앉았다 나는 놀라기부터 하는데
야옹 이야옹 저가 먼저 나보고 반색이다
열흘씩 보름씩 집을 비우기는 했지만
이번에는 두 달씩이나 보이지 않아
저 아이가 영 돌아오지 않으려는가 싶었다
명절날 때맞춰 돌아온 탕아가 귀를 세우고
고개를 갸웃갸웃 재우쳐 떨어가며
나뭇잎 내리는 소리
땅거미 스쳐가는 소리로
밥을 먹는다 그 밥을 다 먹을 때까지
한 생애의 젖은 목덜미 위로
짐승의 손가락 발가락 같은 가을 햇빛은
무장무장 쏟아져 내리고 있는 것이리

잔반

밤 깊도록
고양이 까뮈의 밥그릇에 밥이 소복하다
돌아오지 않는가
심장이 덜컥 내려앉는다
고양이 향기, 고양이 열매도
잔반 흩어놓은 채 떠나더니
영영 돌아오지 않았다
사람이, 짐승이
수없이 많은 꽃의 손모가지들이
밤하늘에 엎질러놓은 잔반
별무리 흘러가는
사람의 집 대문간에
마가목 붉은 열매는 꽃등처럼 켜졌다
오늘이 아버지 기일
물 적신 주걱으로
고봉밥 담아 올리다 문득 또 내다보곤
까뮈야 까뮈야 재우쳐 부른다

고양이 밥값

산그늘에 가리어 잔설 가득한 마당에도 나뭇가지 꽃눈 틔우는 냄새가 묻어나는지 연신 코끝을 흠흠거리는 고양이들

지난가을에 여섯 마리 새끼를 낳아 개중 두 마리를 잃고 부리나케 달아나며 곁을 안 주더니

어느 사이 앞뜰 데크 위에 고양이 온 가족이 모여 앉아 햇빛을 쬐고 있는 중이다

그 쬐그만 노루귀 꽃잎 닮은 입으로 저 아이들이 오독 오도독 사료 먹는 소리를 듣고 있노라면

앙다문 내 입에도 절로 미소가 머금어진다 아지랑이 같은 속눈썹을 떴다 감았다 고개를 갸우뚱거리는 모습을 지켜보고 있노라면

내가 짊어지고 가는 삶의 무게가 한순간 깃털만큼이나 가벼워지기도 하는 것이니

저 아이들 저기 오종종 모여 있는 것만으로도 얼마나 얼마나 큰 밥값을 하는 것이냐

시월 오후

열매와 향기가 돌아오지 않아
오래 애를 태웠더니
그 아이들의 잠자리에
갓 태어난 고양이들이 소복이 자리잡았다
어미 고양이는 누군지 어디로 갔는지 안 보이고
겨우 눈뜬 아기 고양이들
숫자를 세어보니 여섯 마리다
저 대식구들을 거둘 생각을 하니
절로 한숨이 나오기도 하지만
내도록 어둡던 마음이 일순 흥겨워지기도 한다
쑥부쟁이 청렬한 꽃잎 위로
바람도 햇빛도 쟁그랑거리는 시월 오후다

오줌 누고 똥 누는 일의 신성

어디선가 모닥불 타는 냄새가 난다

태풍 콩레이 전야
물골안 구운천변 풀섶에서
꼬리가 부러진 채 울음 그치지 않던
갓 태어난
쥐오줌풀만한 아기 고양이의
연분홍 똥구멍이
올벚나무 떨켜처럼 파르르 떤다

품에 안아 집으로 데리고 온 지
만 하루 만에
모래 받아놓은 사과상자 속으로 뛰어들어가
오줌 누고 똥 눈다
모래 더미를 헤쳐가며 제 오줌, 제 똥을
덮고 또 덮는다

절해고도 위를
흘러가던 영원도 가던 길 멈추고
뚜벅 뒤돌아보리
잎잎 헝클어진 마음의 수평
대번에 한 무더기 봉긋 돋아 오르는

오, 오줌 누고 똥 누는 일의 저 신성!   —

혹은 당신 혹은 고양이

뜨개질은 공기도 같이 뜨는 거래

세상의 모든 고양이들이
저의 온몸을 그루밍하면서
실은 혼돈의 낮과
무저갱의 밤을 뜨개질하는 것처럼

이 세상에
한 번도 온 적이 없었던 나를
당신이 아니라면 대체 누가 불렀을까

해와 달과 새
시내와 꽃과 나비들에게
처음으로 이름을 불러주었던 날부터

마치 먼 바다에서 시작되는 안개처럼
비로소 삶이,
사랑이 시작되었던 것처럼

흘러가면서 완성되는 당신이면서 고양이
처음부터 잿빛
털복숭이 고양이였던 나는

사이의 그물코를
끝없이 벗어나면서
사랑의 본질을 뜨개질하는 중인지도 몰라

물 머금었을 때의 은목서, 금목서
진저리치는 초록 잎사귀들의 세계

흩어질 때일수록 강고해지는
반짝이는 그물코를

4부

꽃잎 너머

랑탕 크레바스

히말라야 산록에는
야크 떼들이 무리 지어 풀을 뜯지

이따금 야크들이
야크와 소의 교배종인
한 무리 조크 떼와 마주치기도 해

무리를 벗어난
한 마리의 조크가
야크 떼를 멀리서 뒤따르는 것을 보고

나는 짐짓 심심파적으로
헤이, 조크야!
그의 이름을 소리쳐 불러보기도 했었네

망아(忘我)라고 우는 것 같기도 하고
상아(喪我)라고 우는 것 같기도 하고

커다란 검은 덩치에 비해
조크의 눈물샘은
어둡고 깊고 쓸쓸하기도 하지

꽃잎 소리

해거름 절집 적요한 뒷마당에 웅크리고

제 그림자 그늘에 파묻히는 동백 꽃잎 보네

귀 기울이네 명지바람이 자국눈 밟는 소리

귀 기울이네 숭어리 숭어리 꽃잎 지는 소리

세상의 모든 슬픔은 물소리를 내는지

뒤뚱 기우뚱 어디로 가는지 목발의 물소리

천둥소리, 무극(無極)의 소리마저 숨죽여 귀 기울이는

냉담

냉담이라는 담이 있다
담의 위쪽 하늘가엔 미풍에 떠가는 염소구름들

카니발의 아침에 날아든 부고처럼
모든 대오에는 왜 장의행렬의 냄새가 나는지

자못 태평스러워 보이는 사람들의
휘몰아치는 마음의 그 물결 문양들

저마다 다른 소리 내지만 한꺼번에 쿵쾅거릴 때 있다
기어코 자발없이 쏟아질 때 있다

국도변 붉은 절개지를 단단히 처매고 있는
외래종 질질짜는소녀울음풀이
발꿈치를 살짝 들어올리려던 것뿐이었는데

실은 끝없는 정적의 골짜기를 날아오르는 것처럼!

끝없는 오후

댕댕이덩굴손이 칸나의 붉은 꽃술을 목 조르고 있다 5령 유지매미 애벌레는 우화의 막바지 순간에 쇠박새 부리에 찢겨지고 있다

노루오줌풀을 헤집고 다니던 야생노루 한 마리가 농다치 고개 중턱에 아연 널브러져 있다 피범벅으로 버둥거리는 네 개의 다리가 백열의 하늘을 간신히 떠받치고 있다

집중호우에 배수로 허물어진 캄캄한 못물 위로 새하얀 수련이 세피아빛 꽃봉오리를 차례로 터뜨리고 있다 여름 한낮의 구름 그림자 빠르게 대해로 흘러가고 있다

여행

마당가 물앵두꽃 피고 수수꽃다리 향기 가득할 때 떠난다
사월 봄하늘에 온몸으로 투항하는 저 꽃잎들하며 내 속에
없는 나까지 온통 싸매고 가서 그곳에 부려두고 오리라 외
롭고 높고 캄캄할 만 리 이역의 햇빛 속을 장대한 매의 그림
자로 가로지르리라 먼지바람 이는 황량지몽의 세월교를 스
치며 그 누가 진흙사람의 눈물을 보았다 하리 창천을 휘덮
는 옥수수 댓잎 엮어 나 오래오래 피리를 불리라 백 년 후
에, 백만 년 후에 돌아오리라

나뭇잎 엽서

나뭇잎 한 장 무게의 갑주가
수평선에 닿는 것을 본다
파도 끝에 나뭇잎배 한 척 뒤집히더니
홀(笏)처럼 하늘 끝에 닿는다
파도의 짧은 소맷단에
흰 스웨터를 덧입히는 건 구름의 일
쏟아지는 햇빛은
파도의 포말을 유백색으로 끌어올린다
아래턱이 없는 하늘
위턱이 없는 바다
바다를 오래 보고 있으면
바다가 얼마나 거대한 책인지 절로 알게 된다
끝없이 펼쳐진 희고 푸르고 검은 문장들
발효중인 짧은 어스름 속을
순찰조 갈매기들이 저공비행하는 동안
이 세상에 아직 도착하지 않은 그대가
한 겹 고요에서
서너 겹 고요로 건너오는 동안
나는 쓴다
표류하는 모든 동식물들이 나의 친구이며
오직 인간의 비애만이 나의 천적!
파도 없는 바다 지중해 아말피에서—

겨울 선착장

물 빠져나간 뒤의 개펄 구멍이
밤하늘에 펼쳐져 있다
겨울 미루나무 아찔한 높이에
용케도 떨어지지 않은 마른 잎새들이 있다
낙엽 지지 않은 과오들
끝없이 제 안으로 메아리치는 낡은 회문(回文)들
환란의 시간은 지났다고
길 벗어났으니 길 아닌 곳 없다고
바다는 이따금 등뼈를 꺾어
심해의 피투성이 가랑이를 열어 보인다
뱃고동 소리 커다랗게 번지는 바람 부는 모래언덕
가설무대 지나간 밤의 선착장
삶과 죽음이 번차례로 들고나며
자욱이 물비린내 풍기는 바닷가 이맘때면
천근의 비 만근의 바람 소리 가득 쟁인
이 세상만한 화물선 한 척이
상한 가슴 안으로 다 들어오는 것이다

모과의 눈

모과 한 알
책상 위에 올려놓고 마르기를 기다리네
손 깊이 뻗으면 닿을 듯
과육 속 고요한 화농이 만져질 듯
어두워라, 우마(牛馬)의 순한 눈을 하고
더 깊은 물속으로 바투 옮겨 앉는
향기의 모근들
부둥켜안고 속삭이며 우리는
주검의 임계온도에 황홀히 입맞추고 있네
만지면 뜨거우리
숫눈처럼 싱싱한 시간의 모래
불에 덴 것처럼 움푹 팬 검은 구멍이
모과의 눈이란다 피라노사꽃매미 같은
모과의 눈이 점점 커지고 있단다

夢

보름 전 이웃에게 분양받은 강아지에게
몽이라 이름 붙이고
아침저녁 먹이 줄 때마다 몽
산책길 데리고 나가 똥 눌 때마다 몽
마음 어수선해질 때마다 몽몽몽 불러본다
사흘째 내리붓고도
물 잔뜩 머금은 초여름 하늘
길을 잃지 않으려면
거머쥔 구름의 고삐를 좀더 단단히 죄어야 하리
내 집에 바짝 잇댄
심심한 허공에 문패를 달아주는 척
파랗게 갈라지는 시간의
틈과 틈 사이
뜬구름 같은 강아지 한 마리를 밀어넣는다

낮달

폭설 다녀간 겨울 오후 서너시 무렵
산그늘 환하여 새소리 바람소리 잠잠해진다
이런 오후에는 털목도리 두르고
강아지 앞장세워 건들건들
건너편 산중턱 보광사까지 산보 나간다
그 절집에서 키우는 덩치가 이따만한
동경이, 동수라는 꼬랑지 없는 개들
중성화 수술한 우리집 암컷 강아지를 보고
사족을 못 쓰고 헐레벌떡 따라붙는다
천혜의 비경을 벼랑 쪽으로 밀어붙이며
단검처럼 떠가는 겨울 낮달
그 무위가 한층 버얼겋게 윤나게
또렷하게 보이기도 하는
맹동의 무게중심 쪽으로 이랴, 이랴
너도 가니 나도 가는 청회색 구름들

나의 죽은 개를 위하여

언 땅을 깨어서 너를 묻고
꽃병 속 목 부러진 꽃대에 물을 준다
불분명한 기적 소리를 내며
히아신스 꽃송이들이 흘러가는 밤하늘
고요해라, 이 별에서 뭉쳤다
저 별로 흩어지는 포말들
산비탈 고광나무 아래
울고 웃으며 움직이던 것이 깊이 잠들었으니
강쇠바람 부는 섣달 초이레
천둥 치는 밤의 한가운데로
서서히 좁혀 들어오는
꽃 피우는 소리며 꽃 지우는 소리
땅거미 몰려오기 전부터
만연체로 엎드린 거대한 한 마리 짐승인 밤을
봉인된 사랑이라고 말해야 할까
한 생애라고 해야 할까
슬픔이 시작되어
슬픔이 당도하는 그곳까지의 거리를

흉터

활짝 핀 복사꽃 같은 흉터가 몸에 생겼다
꽃대도 없는데 사시사철 꽃피어 있다
인두로 마름질한 것이어서
바람 불어도 날아가지 않는다
마음엔 핏자국 바짝 말랐지만
맑은 날이면 더 또렷해 보이는 복사꽃 흉터
그 어느 해 봄밤이
슬픔의 숨통에 꿰매놓은
박음질 허술한 먼 불빛인가
꽃받침 희미한 다섯 갈래 붉은 꽃잎
상처의 잴 수 없는 무게를 고요히 떠받치고 있다

저 빨강색이 코치닐이란 말이죠?

연지벌레 삼천 마리를 잡아야
5밀리그램 물감이 나온다는
저 빨강색이 코치닐이란 말이죠?

선인장에 붙어사는
연지벌레 내장으로 만든 색!

연지벌레의 괴로움
연지벌레의 노고를 위해서라도

코치닐에는 절대로 다른 색을
섞고 싶지 않다고 했나요?

비 오는 날이면
내리는 빗물에
우왕좌왕 흔들렸을 슬픔의 냄새

그림 속 앵두나무 가지를 뒤흔드는 것은
몰아치는 사월의 비바람
아직도 썩어지지 않은 한 편의 시

악몽 속이 이다지 붉고

앵두나무 한 가지에서
한 알의 앵두를 거두는 일이
스스로 눈물겨운 날들이 이어지고 있네

노래가 쏟아지는 오후

구름 한 점 없는 진청색 하늘에
새 한 마리 떠 있다

마파람에 휩쓸린 황조롱이 한 마리

박제된 듯 미동이 없더니
이윽고 낡은 엘피판처럼 튄다

난 낙원에도 가봤지만
정작 나에게 가본 적은 없어요—*

입을 벌리면 다족류의 벌레들이
끝없이 튀어나올 것만 같았던 나날들

악어의 주둥이를 뭉개면서
전력질주로 강물 속으로 뛰어드는 눈송이들

이 바보야, 단 한 번이라도 우리가
이 세계에 태어난 적이 있기나 한 거니?

수 세기도 더 전에 몰아치던 비바람

옛 애인의 불탄 입술에서

수은(水銀)처럼 노래가 흘러나오는 오후다

* Charlene의 노래 〈I've Never Been To Me〉 중에서.

또 한 잎 검은 모란

모란시장 뒷골목
슬레이트 지붕 아래 핀 모란을 보네
진눈깨비 치는 날의
음습한 황지에서
또 한 잎 어둡게 펄럭이는 모란
빙긋이 웃을 때면
겹주름 접히던 불룩한 인중
웬일인지 평지처럼 납작해지고
인중 위 쥐똥나무 열매 같던
돌올한 검은 사마귀도
깜쪽같이 사라지고 없구나
국기봉에 꽂혀서 말라가는 모란
그 커다란 잎이 먹지처럼 새카만 모란
오므리고 펼치고 잠기며
시간의 모란(牧丹)들이
대초원의 천막처럼 펄럭이는 오후다

성대

소리를 내는 물고기가 있다 그 이름이 성대다 크고 튼튼한 근육으로 복강과 밥주머니를 움직여 개구리 우는 듯 큰 소리 내지른다니 무릇 평정을 잃지 않고 구멍을 통하지 않고는 소리에 이르지 못한다는 말은 수정되어야 하리라

땅거미 악착같이 서둔다 물거품의 수위는 거침없이 높다 나문재 잎닢은 캄캄히 져간다 해질 무렵 물가에 나와 앉은 한 사람의 적막한 실루엣 너머로 어족 성대 떼는 기억의 희미해지는 속도로 멀어져간다

피의 文字로 제 거죽에 최후의 절명시를 쓰는 물고기 성대, 죽으면 꽃처럼 붉은 진분홍빛으로 변한다는 성대다

삶이라는 극약

물 없이 삼킨다
이 땅엔 처방전이 없는 삶이라는 극약
내 마음 단 한 번도
안으로부터 열린 적 없는 창문과도 같아
어둠이 상처가 분노가
나를 여기까지 데리고 온 줄 알았는데
그게 아니다 아니라고
스스로를 도리질하는 순간이 있다
오줌 누려고 일어났으리라
갓 돌 지나 입양한
아스퍼거 앓는
스무 살 어린 아들의 나뭇잎 같은 손이
숯덩이 같은 나의 잠 위로
가만가만 이불을 덮어주고 있으니
너에게로부터 내 안으로
끝없이 흘러내리는 물방울… 저 물의 방울들
오늘만은 눈부시리, 눈꺼풀 속까지
아마포처럼 감겨오는 저 새벽빛!

비밀 중의 비밀

한밤중에 마당에 나가
밤하늘에 뜬 환한 달을 보았어요
보름달이 환하게 떠 있는데
달 아래 벚나무 가지에는
잎사귀들이 거의 사라지고 없어요
그때 가슴이 두근두근하면서
눈물이 핑 돌았어요
아무런 생각도 안 했는데
그때 왜 가슴이 두근두근했는지
모르겠어요 슬픈 일도 없었는데
그때 왜 눈물이 흘러내렸는지 모르겠어요
아무에게도 말하지 말고
제게만 살짝 이야기해주세요
나도 모르게 내 눈 속의 눈물주머니를
터뜨린 게 환한 달빛인지
가을에 사라진 벚나무 잎사귀는
달 속의 청소부가 쓸어 갔는지를
엄마는 시인이니까 알 거 아니에요
엄마는 엄마니까 알 거 아니에요

꽃잎 너머

새의 주검이
라일락 꽃그늘 위에
상한 꽃잎처럼 떨어져 있네

죽음 너머
꽃잎 너머란
꽃그늘 속으로 난
길고 아득한 복도 같아서

간유리로 창문을 매단
물웅덩이가
공중에 자꾸만 생겨나는 것 같네

지워져가는
새의 무게를
라일락 꽃 향기가 층층이
떠받치고 있으니까

애도가 종잇장처럼
가벼워지는 봄날 오후

만곡처럼 휩쓸리는
새의 영원을

햇빛은 지나가기만 할 뿐
바람은 스쳐지나가기만 할 뿐

해설

언어 세공의 트윈 픽스, 그 문학사적 의미

정과리(문학평론가)

"예술에서, 무언가를 말하려 할 때,
아무것도 말하지 않는 것만큼 잘 말하기란 어렵다."*
　　　　　　　　　　　　　　　　　　　—비트겐슈타인

1. 시의 품위

　김명리의 시에서 느껴지는 가장 직접적인 풍미는 고급스
러움이다. 돌로 치면 세공된 보석이고, 옷으로 치면 '오트
쿠튀르'이며, 나무로 치면 '사군자'이다. 일제강점기의 미술
평론가 김용준의 명명을 빌리자면 '고아미(高雅美)'라고 부
름직한, 절도와 우아함으로 이루어진 품격이라 할 것이다.
이런 아름다움이 독자 혹은 관객에게 공통적인 만족감을 주
는 까닭이 충분히 밝혀져 있지는 않다. 예술의 보편 이론이
라는 게 항존한다는 걸 인정하기가 어렵기 때문이다. 동시
에 그렇다고 해서 외적 요인들에 의존해 문학예술을 설명하
는 구도를 저런 아름다움은 훌쩍 비켜가곤 한다.
　다만 우리는 인류가 진화의 긴 과정에서 반복적으로 경험
함으로써 감각의 밑바닥에 내장한 '예술적인 것에 대한 감
정', 특히 정신의 격상을 보장해줌으로써 만족감을 제공하

---

　* Ludwig Wittgenstein, *Remarques mêlées*, traduit par Gérard
Granel, Paris, Flammarion, 2002, p. 79.

는 그런 감정과 그 감정이 전제하는 질적 자료들이 인간 정신의 항구적 표지들을 형성하고 있다고 짐작할 뿐이다.

아마도 독자는 궁금해할지도 모른다. 도대체 어떤 걸 가지고 그래요?

시 한 편을 두고 음미해보자.

　　해질녘, 저 박명의 시간
　　여름꽃 향기 더없이 짙어지는 블루 아워에
　　물골안 파위교로 날아드는 뭇 새들은
　　봄꽃 나무 텅 빈 가지 흔든다
　　매화말발도리, 매화말발도리……
　　납작한 부리 뱃바닥 붉은 새들이
　　앞서거니 뒤서거니 산방꽃차례로 운다
　　저녁해의 불꽃 이내 흩어지고
　　서둘러 잎 내고 꽃 피우던 여름꽃 진다
　　체로금풍의 시절이 머지않았으니
　　여름의 핏자국들 이내 희미해지리
　　우리도 끝내 자욱이 돌아서리라
　　대오를 벗어난 새 한 마리 안 보이는
　　적막한 하늘 아래
　　어느 꽃의 붉은 꽃잎 푸른 꽃받침이
　　저다지 낮게 고요히 덜컹거리는지
　　슬픔이 서로 다른 빛깔로 마중 와 있는 파위교

시 제목은 「파위교」이다. 낯설고도 아리송한 이름이다. 그런데 인터넷을 뒤지면 '경기도 남양주시 수동면'에 있는 다리임을 알 수가 있다. 이런 정보는 그 자체로서 구체성에 대한 감각을 제공하지만, 그것이 특별한 감흥을 일으키지는 않는다. 그 이름의 어감은 일단은 생경하다. 즉 낯선데 자연스럽지가 않다. 아름답지도 않다(대개 어감이 아름다운 단어들은 '류음'을 포함하고 있다). 게다가 파열음 '파' 때문에 약간 불길하게 들리기도 한다.

이러한 어색함은 이 다리가 은두산으로 들어가는 길목에 놓인 다리라는 사실을 알면서부터 풀린다. 은두산은 그 이름의 뜻('구름 머리')으로 모종의 신비감을 풍긴다. 어떤 범접할 수 없는 무엇에 대한 느낌, 벤야민이 '아우라'라는 명칭으로 정리한 그런 것이 먼 거리를 유지한 채 심상에 잡히는 것이다.*

---

* 군말을 덧붙이자면, 벤야민은 저 유명한 「기술복제시대의 예술작품」이라는 글에서 '아우라'를 소개하면서, 동시에 아우라의 소멸 현상을 진화적 사실로 풀이하였다. 그러나 이는 지나치게 단순한 해석이었는데, 그것은 아우라의 '소멸'에 대한 진단이나, 소멸 이후 예술의 모습에 대해서나 공히 그러하였다. 아우라는 소멸되지 않았으며, 기능을 바꾸어가며 꾸준히 작동하였다. 이는 '아우라'로 지칭되는 그 심리적 상태에 대한 인류의 갈망이 지속되어왔으

시인의 기술은 그 '분위기'를 직접 지칭하지 않아서, 분위기를 분위기의 상태로 유지시키는 것에서 발동을 시작한다. 즉 '먼 것의 일회적인 나타남'이라는 벤야민의 정의에서 '일회적인'을 '암시적인'으로 바꾸는 것이다. 그러나 모호한데도 불구하고, 그 분위기 안에는 구체적인 생명들이 아주 생생하게 움직이고 있다. 그래서 분위기는 진한 색조를 띠고("여름꽃 향기 더없이 짙어지는 블루 아워"), 그 색조는 움직임의 활달함으로 이어진다. 더 나아가 생명의 움직임은 생명들의 기운의 전이와 생명들의 교환으로까지 발달한다. "뭇 새들은" "봄꽃 나무 텅 빈 가지"를 흔들고, 그 가지에서 "매화말발도리"가 피어난다. '매화말발도리'가 들꽃이라는 것은 나중에 정보로서 잡힌 것이고, 실제 꽃 이름에 익숙지 않은 독자는 저 말이, 뭇 새들의 지저귐을 의성어화한 것처럼 듣는다. 소쩍새의 '소쩍'처럼 말이다. 그리고 그 뜻은 '매화'를 피우기 위한 주문 같아 보인다. 그런 상상 끝에 사실 정보를 확인하면, 그것은 독자를 맥빠지게 하기는커녕 오히려 텅 빈 가지에 피어난 그 꽃들이 하찮은 들꽃이 아니라, 썩

며, 아주 깊은 집단 무의식에 속한다는 것을 가리킨다. 그리고 그 사실은 오늘날 NFT의 출현으로 완벽히 증명되었다. 또한 소멸 이후의 예술을 '예술의 정치화'('정치의 예술화'라는 파시즘과 정반대의 방향으로 나아간)에서 찾았던 그의 예측은, 그런 예술의 현상태가 심각한 억압과 오류를 노출하였기 때문에 잘못된 판단이었다고 할 수 있다.

숭고한 의지를 담고 피어났다는 느낌을 갖게 된다.

그런 느낌 위로 들리는 새의 울음소리는 비슷한 꽃들의 개화를 증폭시킨다. "붉은 새들이/ (……) 산방꽃차례로 운다"라는 표현이 가리키는 것이다. 그러나 시인은 이 화사한 개화를 무한정 낭비하지 않는다. 낭비는 곧 식상을 유발한다. 아니, 그것보다도 저 꽃들의 개화는 진정한 미에 대한 암시이지, 미 자체가 아니다. 다니엘 샤를르(Daniel Charles)라는 미술비평가의 말을 빌리자면, "예술은 아직 존재하지 않는 것에 '동작 개시'를 가리키는 행위이다. 그것은 "아직-존재하지-않음"의 언어, 즉 "예고의 손가락"* 이다.

따라서 현실의 꽃들은, 그가 최상의 예술의 이름으로 표현된다 하더라도, 언제나 자신의 최종적 실패를 인정하고 사라져야만 한다. 그걸 잘 아는 시인은 그러한 개화의 일순(一瞬)성과 조락(凋落)의 필연성을 자연의 법칙처럼 당연한 것으로 드러낸다. "서둘러 잎 내고 꽃 피우던 여름꽃 진다"(같은 시). 그러나 그것만으로 그친다면, 그것이 예술적 행위의 진정성을 보장할 수 있을까? 자연의 사실에 따라 당연히 피고 지는 것을 수락하는 것은 예술을 포기하는 일에

---

* Daniel Charles, *Le temps de la voix*, Hermann, 2011. 김순기, 「큰 이미지는 형태가 없다」, 『김순기와의 만남, 글모음 1975~2021』, Slought Foundation, 2022(근간), 126쪽에서 재인용.

다름 아니다. 왜냐하면 예술은 영원을 꿈꾸기 때문이다. 그 렇기 때문에 르네상스기의 프랑스 계관시인 피에르 드 롱사르(Pierre de Ronsard)는, 젊음을 곧바로 앗아가버리는 '대자연 계모'에 대항하여, "꺾으세요, 꺾으세요. 당신의 젊음을"(「애인에게 바치는 오드 XVII」)이라고 권유했던 것이다. 김명리 역시, 그런 예술의 요구에 직면한 표정이 역력하다. 그런데 그는 롱사르와 달리 순간의 미학을 항구히 결정화-박제화하는 길을 택하지 않는다. 대신 그는 거꾸로 저 동작 개시의 운동을 반복시킨다. 보라. 봄-여름의 뭇 새들의 울음이 지나간 다음, 가을-겨울에는 "대오를 벗어난 새 한 마리 안 보이는/ 적막한 하늘 아래"에서, 여름 단장의 의상을 벗은 나무가 '체로금풍'의 몸을 체현, 즉 제 몸을 제 몸의 운동으로 실연한다. 이때 헐벗은 몸은 비참하기는 커녕, 추위와 맞서 싸우는 몸의 근육을 불끈거린다. 여름의 풍성함은 그저 배경의 "핏자국들"로 희미해져가고, 빈 공간이 가하는 허무의 압력에 맞서 버티는 순수한 수직성의 자세를 연출한다(바슐라르가 발자크의 『세라피타』(김중현 옮김, 달섬, 2020)를 분석한 것에 비추어). 그 자세는 몸으로 실연하는 제 몸 사름의 형국을 이루어, 헐벗으면 헐벗을수록 존재 상승 기운은 더욱 짙어진다. 그것이 시인에게는 봄을 준비하는 미래의 "꽃잎" "꽃받침"의 "낮게 고요히 덜컹거리는" 부산함으로 감지된다. 그것은 그 낮은 수런거림으로 먼저 제시된 낯설고도 경건한 한자어의 어감을 채운다.

그렇게 해서 예술의 미는, 자발적인 자연의 경이로운 혼돈을 수행자 인간에 의해 철저히 통제된 숭고한 인공미로서 재창조한다.

2. 정련된 시의 전제 혹은 한계

이런 솜씨는 아무나 발휘할 수 있는 게 아니다. 기술적 숙련을 요구한다는 뜻만을 가리키는 게 아니다. 그보다도 더욱 유의할 것은 바로 이 경지가 인간의 한계 자체의 돌파와 연관되어 있다는 것이다. 그것도 바로 인간 그 자신에 의해서. 즉 이런 고급한 인공성을 창조하는 예술가는 별에서 온 사람이 아니라, 보통 사람 중에서 태어나 보통 사람 자체를 갱신하는 사람이다. 그것이 아니라면, 이 각별한 공정 과정이 있어야 할 이유가 없다. 보들레르는 인공 미학을 바로 그런 관점에서 제시하였다.

목신은 신을 죽여야 한다. 목신, 그는 민중이다./ 키메라의 미학. 다시 말해, 결과로서 말하는, 개인적이고 인공적인 미학. 그것이 민중의 불수의적이고, 자발적이며, 숙명적이고, 날것 그대로 살아 있는 미학을 대체하는 것이다./ 그렇게 바그너는 그리스에 의해서 자발적으로 창조된 그리스 비극을 재주조했다.*

첫번째 문장에서 그는 민중의 신으로서 목신을 선포한다. 그러나 두번째 문장에서 목신의 예술이 민중의 자발성을 거스르는 것임을 천명한다. 세번째 문장에 가서 그것은 바로 민중 그 자체의 재형성임을 암시한다. 그래서 그것은 키메라의 미학이다. 그것이 쉬운가. '키메라'라고 번역한 불어 원단어 'chimère'는 '헛된 꿈으로서의 몽상'을 뜻한다. 자신을 포함한 자기 종족의 근본적인 재탄생에 개입하는 일은 자칫하면 헛된 망상이 된다. 그러나 그걸 제대로 이루려면 이 향락에 대한 책임이 서야 한다. 요즘 유행하는 말로, '향락할 결심'에는 자신의 전부를 거는 내기가 충분조건이 된다.

이 막중한 전제는 대체로 사후에 오는 것 같다. 왜냐하면, 이런 세공의 즐거움이 인류의 원초적 본능에 속하는 듯, 그 어려움에도 불구하고, 때와 장소를 가리지 않고 번다히 솟구치기 때문이다. 세계문학사를 주유하다보면 순수한 탁마의 놀이에서 기쁨을 구한 이들이 적지 않으며, 그런 취향은 종종 집단적 모임을 형성하기도 하였다. 프랑스 17세기의 '프레시오지테(préciosité)', 스페인의 '공고리즘(gongorism)', 영국의 '유퓨이즘(euphuism)' 등이 대표적

---

* Charles Baudelaire, *Oeuvres Complètes II*, Paris, Gallimard, 1975, p. 606.

인 사례라 할 것이다.

　이 수다한 세련미 '금풍'은 저마다 다른 예술적 경지, 정신적 깊이, 사회적 기능을 가지고 있다. 그것은 직전에 언급한 '책임'에 대한 자의식과 더불어, 그것의 실현을 가능케 할 상황적 조건이 중요한 준거로 작용한다. 바로 여기에서 우리는 김명리의 변별성을 재볼 수 있다.

　김명리의 시에서 세공에 대한 자의식은 분명해 보인다. 첫 시를 보자.

　　기억나는 대로 말해봐
　　기억해내기가 그토록 어렵니?

　　꽃 피우지 않을 때
　　너 거기 있는지 몰랐다
　　죽은 줄만 알았던 한 그루 앵두나무의
　　검고 딱딱한 가장귀에 앵두, 앵두, 앵두
　　세상에서 가장 작은 꽃등불들이
　　가지가 휘어지도록 열렸다
　　나는 쓴다, 앵두;
　　그 누구도 눈치채지 않게
　　지구에 정박한 가장 고요한 소행성!
　　　　　　　　　　　　　　　　　　　　—「앵두」전문

시인은 다 죽은 앵두나무를 바라본다. 그는 거기에서 생
명이 소진되었다고 생각했었다. 그러지 않아도 이 장미과
의 꽃은 예쁘지만 무척 작다. 장미나 벚꽃처럼 현란하거나
소담하지가 않은 것이다. 애틋한 기분이 있다. 그 안타까운
존재들이 문득 지고 열매가 열렸다. 꽃이 희거나 분홍이라
는데(『한국민족문화대백과사전』), 열매도 빨갛다. 시인은
그 탐스러운 모습("가지가 휘어지도록")에서 또하나의 꽃
을 본다. "세상에서 가장 작은 꽃등불들"이다. 하지만 가지
가 휠 정도로 열리니, 그 존재감이 뚜렷하다. 그러고 다시
보니, "검고 딱딱한 가장귀에" 열렸다. 즉, 죽음에서 피어난
생명들이다. 그것은 살아난 죽음이다. 아니 살아난 죽음이
어야 한다. 그것은 행성 지구를 대체하는 소행성일 것이다.
시인은 말한다. 앵두는 "그 누구도 눈치채지 않게/ 지구에
정박한 가장 고요한 소행성"이다.

이 시의 일차적인 성취는 객관적상관물에 기대어, 죽음을
생명으로 부활시킨 데에 있다. 디디-위베르만의 말을 빌리
자면, "이미지는 우리 육체처럼 열렸다 닫혔다 한다"*.

하지만, 시인의 태도라는 측면에서 본다면 이 미적 특성
을 넘어 두 가지를 더 주목해야 한다(그리고 이 두 가지의
표지는 세 개의 중첩된 의미를 낳는다). 첫번째 표지는 마

---

* Georges Didi-Huberman, *L'image ouverte: Motifs de l'incarnation dans les arts visuels*, Paris, Gallimard, 2007, p. 25.

지막 두 행에 표시된 대로, 이 행성의 도착에서 '고요'가 강조되었다는 것이다. 이는 신생이 홍두깨처럼 도래했으니, 우리가 한 일이 없다는 뜻을 함의하고 있다. 시인은 탄생의 신비를 말하는 척하면서, 자기의 '책임'을 스스로 묻고 있는 것이다. 그는 단지 바라보고 경탄했을 뿐이다. 시인에게 변명이 주어질 수 있다면, 시인은 노래하고 묘사하는 사람이지 행동하는 사람이 아니라는 것이다. 그러나 시인의 오랜 책무 중의 하나는 현상에 비추어 미래를 예언하는 것이 아닌가? 그건 심지어 시인의 소명으로까지 간주되어오지 않았는가? 그렇기 때문에 보고 듣고 묘사하고 전달하는 자의 노래는 자신이 전하는 상황이 객관적인 것이 아니라, 스스로 '진실'의 기준으로 파악한 주관적 진실이 되어야 할 필요를 느낀다. 그리고 주관적 진실이란 나만의 진실이 아니라, 내가 깊숙이 개입하여 그 최종적 의미를 선취해야 할 진실을 가리킨다. 이때 보고 전하는 자로서의 시인은 무엇을 가지고 그 일을 수행할 수 있겠는가?

바로 이 자리에서 독자는 두번째 행의 뜬금없는 물음표를 이해하게 된다(두번째 표지). 이해할 뿐만 아니라 절실하게 느끼게 된다. 시인은 이 죽음과 신생의 신비한 교대가 이미 예전에도 있었음을 기억하여, 그것을 독자들에게 전함으로써, 독자들로 하여금 그 신비의 사업에 제 나름으로 동참하게 해야 한다. 이 기억은 바로 시인 자신의 몫으로 주어진다. 시인은 상황을 전달하는 자가 아니라 기억을 전달하는 자이다. 그래야 한다. 처음에 앵두가 남몰래 열렸다면, 이제 그것은 그 사실을 염원하는 자들에 의해 그들의 동참으로 성취되어야 한다. 그 사람들의 참여를 가능케 하는 것은 그것이 이미 열렸었다는 사실에 대한 기억이다. 기억 덕택에 사람들은 소망하게 되고, 소망은 참여를 낳는 것이다. "소망한다는 것은 그 또한 하나의 체험인 것이다."*라는 철학자의 말이 가리키는 풍경이 그것이고, 다시 그의 말을 잇건대, 이때 "풍경은 영혼의 육체"**가 된다. 바로 그 기억의 전달자가 시인인 것이다. 그러나 기억의 줄기는 더 뻗어나간다. 시인은 사람들의 동참까지도 기억하여 후세에 전하게 되는 것이다. 상황은 액자 속의 그림이 아니라, 누군가가 운을 띄우고 여러 사람들이 함께 뛰어들어 가꾸어나가는 그런 사건(事件)인 것이다. 바로 이 사태가 '기억을 전달한다'는 행위의 두번째 의미의 근간이 된다. 기억은 사건의 기억을 넘어, 진인사(盡人事)의 기억으로 나아간다.

그러나 다시 한번 철학자의 말을 새겨보자. 그는 소망이 체험이 되는 사건에 대해서 누가 '조장(provoquer)'할 수 없다고 하였다. "그게 올 때 그건 온다. 나는 그 도래를 조

---

* Ludwig Wittgenstein, *Recherches philosophiques*, traduit par F. Dastur et al., Paris, Gallimard, 2004, p. 226.

** Ludwig Wittgenstein, *Remarques mêlées*, traduit par Gérard Grane, Paris, Flammarion, 2002, p. 79.

장할 수 없다."* 이 말은 「앵두」의 시인에게도 의당한 말이다. 앞에서 "동참하게 해야 한다"라고 말했지만, 실은 시인은 그것을 오로지 묘사함으로써만 그것의 가능성을 열 뿐이다. 실제로 소망을 품고 참여를 결단하는 과정 전체는 오로지 독자 혹은 보통 사람들의 몫으로 주어진다. 시인은 행동자가 아니라 묘사자라는 것, 묘사자로 있어야 한다는 것. 그래서 모든 사건은 '사람들' 자신에 의해 이루어져야 한다는 것, 그것이 세번째 의미를 이룬다. 여기에서 우리는 마지막 두 행의 '고요한' 사건을 다시 읽는다. 저것은 정말 "그 누구도 눈치채지 않게" 지구에서 피어야 한다. 다만 여기에선 분류가 달라진다. 앞에서의 고요는 사람들/앵두(소행성)의 대립에 근거한다. 이제는 눈치(의식)와 수행의 분리에 근거한다. 그것은 의식되기보다 주관적 의지가 행동으로 전화되어 성취될 사건이 된다는 것이다. 시인은 그런 수행에 대해 시치미를 떼어야 한다. 시인의 묘사의 기능은 바깥에서 일어난 사태를 투명하게 전달하는 것이 아니라, 사태의 경과를 사태 스스로 실현케 하는 것, 즉 그 일에 참여한 모든 존재들의 행동적 실천으로서 드러나도록 하는 것이다. 그것을 두고 김수영은 "침묵은 이행(enforcement)이다"**라

* Ludwig Wittgenstein, *Recherches philosophiques*, traduit par F. Dastur et al., Paris, Gallimard, 2004, p. 226.
** 김수영, 「시작 노트 7」, 『김수영 전집 2—산문』, 이영준 엮음, 민음사, 2018, 556쪽.

는 경구로 정리한 바 있다.

이러한 다중의미의 계층적 구조화는 시인이 자신의 세공 취향의 윤리적 성격에 대해 깊이 생각하고 있음을 알려준다. 그것이 취향의 정당성을 보장하는 것이다. 그렇다면 이런 시작(詩作)은 사회 안에서 어떻게 작동할 수 있는가?

3. 한국시형의 일반성을 넘어가는 길

문학사적 맥락에서 보면 김명리의 시는 한국시사에서 가장 굵은 줄기를 차지하고 있는 김영랑류, 즉 일반적인 한국적 서정시형을 넘어서 가려는 실천 중에 속한다 할 것이다. 이미 다른 자리에서 언급했지만 '기다림'이 한국인의 기반심성에 속하기 때문에 김영랑의 기다림의 시학이 광범위하게 퍼져나간 건, 당연한 일이었다.

기다림이라는 주제는 시작의 차원에서는 '관조'로 나타났다. 「모란이 피기까지는」에서 선명하게 표현된 '기다림'의 태도는 영랑의 다른 작품들에서 자연경관의 생동하는 풍경에 대한 즐거운 묘사가 박진하게 흐른 것과 상응하였다. 이때 자연은 억압적 현실(피식민 상태)에 맞서는 다른 세상에 대한 비유로 작동한다. 그래서 이러한 태도가 불운을 견디는 힘을 주고(이것의 최종적 정점이 한국적 한(恨)이다), 다른 한편 세계의 판도를 이해하고 좋은 세상의 도래에 대한 믿음과 역량의 준비를 가능케 한다는 게, 이 태도의 힘의 원천이었다.

그런데 이 준비론은 실행의 모듈을 마련할 수가 없었다. 관조의 관성이 실천을 방해하는 아이러니를 야기한 것이다. 때문에 뛰어난 시인들은 일반적 시형을 뛰어넘을 새로운 단계를 모색하게 마련이었다. 기본 심성을 이룬 '기다림'의 자세 자체에 대해서는 만해 한용운에 의해서 그것을 '행동'으로 바꾸는 개혁이 이미 있었다. 그리고 미당 서정주에 의해서 영랑 시학의 기본이 뒤집혔다. 그리고 미당의 시형은 정현종에 의해서 다시 한번 갱신되었다.

자세히 말할 자리는 아니므로 간단히 말하자면, 미당의 새로움은 '기다림'을 '현장'으로 바꾼 데에서 기원하였다. 미당의 첫 시집 『화사집』(문학동네, 2001)의 첫 시인 「자화상」(1937년), 마지막 행인 "병든 숫개만양 헐덕어리며 나는 왔다"*에 그 태도는 극명하게 표현되었다. 이는 '고난의 자리가 구원의 자리'라는 함석헌적 명제에 상응하는 것이었다 (이 통찰은 김현에 의해 먼저 제시되었다). 정현종은 이 현장을 현존에서 부재로 이동시키고 묘사를 당위에 대한 요청으로 바꾸었다.

독자는 김명리의 시에 와서, 미당과 다른 버전의 '현장'이 발명되었음을 볼 수 있다. 그 현장은 기다림을 대체하는 현

---

* 밑줄은 인용자.

장이 아니라, 기다림을 발견의 기쁨으로 만드는 현장이었
다. 우리가 「앵두」에서 본 광경이 그것이다. 영랑에게 시적
대상(자연)이 도래할 세상에 대한 은유(대체 현실)였던 것
과 달리, 김명리에게 그것은 실제 세계였다. 그 현장이 미
당에게는 시적 자아에 의해서 새롭게 명명될 현장이었다면,
김명리에게는 명명을 포함한 행위의 주체가 모두 그 현장에
돌려졌고 시인은 오로지 그것을 '발견'의 양상으로 제시할
뿐이다. 그리고 그 태도의 결과는 미당의 초월 세계의 숭고
한 현재화('신라초'의 세계)와 달리, 낯선 세상 스스로의 자
기 형성을 발견하는 경탄으로 나타난다는 것이다.

그러나 이런 풀이는 오로지 기본자세를 단면화한 것일 뿐
이다. 이걸 그대로 받아들이면, 경탄에까지 이르는 복합적
과정을 단순화하는 우를 범할 수 있다. 우리는 이미 앞에서
의미화의 세 층의 중첩을 분석한 바 있다. 그런 복잡한 과정
은 단순히 시인의 기교 취향을 반영한 게 아니다. 우리의 분
석은 시적 세공의 윤리를 묻는 자리에서 진행된 것이었다.
이 말은 김명리 시가 보여준 새로운 시적 지평이 복합적 단
계로 이루어져 있으며, 그것은 일종의 상황적 요구에 대한
대응으로서 나타난 것이라는 점을 암시한다.

실로 김명리의 시에서 발견의 기쁨은 시인의 의식 저변을
관류하는 무의식적 갈망인데도 불구하고, 쉽사리 달성되지
않는다. 두번째 시를 보자.

어제 내린 비에
앵두나무 앵두꽃이 홀연 만발해 있다
만개한 앵두꽃은 처연히 아름다워서
냉담한 삶 속으로 날아든
한 무리 나비 떼의 아찔한 환영 같기만 하다
앵두꽃이 일시에 활짝 피면
모가 한꺼번에 나간다고 하니
진펄에 떨어지는 촛농인 듯
바짝바짝 타들어가는 마음의 벼농사
명년엔 못자리 물을 너끈히 댈 수 있으려는지
작년에는 해거리하느라
꽃과 열매를 내어놓지 않은 앵두나무다

—「앵두꽃」 전문

똑같은 앵두 얘기다. 그런데 이번엔 앵두꽃의 만개가 먼저 나왔다. 그래서 기쁜가? 이 광경이 예기치 않은 은혜인 것은 틀림없다. 그러나 시인은 이 광휘를 "처연히 아름"답다고 생각한다. 왜? "냉담한 삶 속으로 날아든/ 한 무리 나비 떼의 아찔한 환영 같기만 하"기 때문이다. 즉 삶이 실로 야박하기가 극심한 마당에, 꽃의 만개를 두고 삶의 비유로 여기자면 어처구니없는 바보짓이 될 것이기 때문이다. 꽃은 왜 하필이면 이런 세상에 피어서 자신의 존재가 부적격이라는 것을 보여주고 있는 것인가? 그래서 그 아름다움이 처연

112

하기 짝이 없는 것이다. 그래서 화자는* 그 까닭을 궁리한다. 앵두가 뜬금없이 만발했다면, 무슨 이유가 있을 것이다. 그 생각은 그런데 더 불길한 상념으로 기울어진다. 화자가 보기엔 세상이 더 나아질 리가 없는 것이다. 그래서 생각은 거꾸로 과잉된다. 앵두꽃의 만개는 현실과의 괴리를 더욱 강조하는데, 그 두드러짐의 효과를 현실의 실제적 악화의 징조로 해석하는 것이다. 올해의 벼농사를 이미 완전히 망쳤다는 예감에 사로잡힌다. 거기에 불길함의 징조는 예감을 늘려 "명년"의 "못자리 물"에 대한 걱정으로까지 이어진다.

그런데 이는 화자의 주관적 추론이다. 이는 꽃과 농사 사이의 관련에 대한 비과학적인 속설에 기대어 있다. 이것은 정확한 추론일까? 다시 말해 윤리적 정당성은 실제적 근거를 확보할 수 있는가? 독자가 이 의문을 품는 순간, 화자는 뒤로 숨고, 다시 시인이 무대로 나선다. 그리고 지나가는 말로 던진다.

작년에는 해거리하느라
꽃과 열매를 내어놓지 않은 앵두나무다

앞 행들과의 연관성이 모호한 이 말을 이해하려면, '해거

---

* 여기서 시인과 화자가 분리된다. 그 사정은 이어지는 글들을 읽어보면 알 수 있을 것이다.

리'의 의미를 정확히 파악해야 한다. 해거리는 "한 해 쉬면서 축적한 양분으로 다음해에 열매를 많이 맺는 현상이 반복"*될 때, 그 현상에 대해 붙이는 명명이다. 이 뜻을 앞에 묘사된, 올해의 앵두 현상에 비추면, 올해 앵두 열매가 많이 열릴 것을 기대할 수 있다. 그런데 앞서서 꽃이 만개해버렸던 것이다. 그래서 열매를 열 양분을 꽃들이 독식한 것이다. 기대가 배반된 것이다. 이 배반을 확인하면서 독자는, '꽃의 만발'→'열매의 빈약'이 '꽃의 만발'→'농사 실패'에 유추적으로 확장되었음을 이해하게 된다. 이로써 꽃이 만개한 까닭과 명년 농사에 대한 화자의 걱정이 모두 논리적으로 설명이 된다. 그리고 이 이해 위에서, 이 시의 강력한 윤리적 메시지를 들을 수 있다. 외관의 화려함은 실속의 빈약을 초래하기 일쑤라는 것. 평범한 메시지로 볼 수도 있겠지만, 언어가 제공한 형상의 전개가 절실성을 부여한다.

이 시를 통해서 독자는 시인의 원초적 갈망이 실패의 양상으로 제시되고, 거기에는 윤리적 제동이 있다는 것을 확인할 수 있다. 이러한 사정은 한국 시인 김명리의 불가피한 비극으로 보인다. 그는 영랑의 행동 결여와 미당의 주관적 선취를 동시에 넘어서는 방향을 택했다. 그 방향의 기본 동력은 현존하는 것에 대한 자애이다. 그 자애가 숨어 있는 것의

---

* 「'해거리'를 아시나요?」, 동아사이언스, 2011.1.30. https://www.dongascience.com/news.php?idx=-5260620.

발견을 낳는다. 그런데 그 발견이 성공하기 위해서는 정말 보물이 숨겨져 있어야 한다. 돌멩이는 흑요석의 위장이어야 한다. 단지 이물질들에 덮여서 보통 사람의 눈으로는 알아볼 수 없었을 뿐이어야 한다. 그러나 그냥 돌멩이들 천지인 것이다. 시인은, "눈 내린 골짜기의 날짜들 어둡다 고요하다/ 허공의 폐간이역마다 백열등 매달아/ 새의 동공을 들여다보고 싶은"(「이월 블루스」) 마음이지만, 그러나 그 새의 눈동자 속에 불사조의 표지는 없다.

4. 불화한 시대를 소생시키기

독자는 이것이 김명리의 비극이고 김명리의 시가 일반 독자에게 쉽게 받아들여지지 못한 원인이 된다고 생각한다. 가령 김명리의 시를 프랑스의 소설가 콜레트(Colette)의 영롱한 글쓰기에 비교할 수 있다. 콜레트와 김명리 모두 세공의 천재들이다. 그런데 콜레트가 작품 활동을 한 시대는 이른바 '아름다운 시절(Belle Époque)'(19세기 말, 1914년)이라고 명명되었던 시기다. 부르주아의 승리가 난숙한 문화를 낳아 부르주아의 귀족화가 꽃처럼 만발하던 시기였다. 그때 시민사회의 핵심 개념인 '자유'는 '자유분방함'으로 확대되었고, 온갖 종류의 '명예'와 '자유'가 결합된 세련된 문화들을 낳았다. 물론 그 시대는 1914년에 터진 제일차세계대전

과 더불어 하나의 '거대한 환상(Grande Illusion)'(장 르누
아르의 영화 제목*)이었음이 발각되었으나, 그 당시를 산 사
람들은 시대에 몸을 그대로 일치시키는 존재의 열락을 만끽
했으니, 콜레트는 글쓰기뿐만 아니라 삶에 있어서도, 그 시
대를 가장 상징적으로 살아내었던 것이다.

　김명리는 그럴 수가 없었다. 한국은 19세기 말 이래, 그런
섬세함을 보편 문화로 일구는 데 성공한 적이 없었다. '먹
고살기 바빠서' 모든 문화는 날것 그대로의 상태로 폭발하
였으니, 오늘날엔 심지어 상욕을 자기과시의 기치로 대놓고
뻐기는 그런 수준으로까지 발전하였다. 김명리식 시쓰기의
아취를 느끼기 위해 작동해야 할 신경세포의 수는 앞의 날
것 문화가 작동하기 위해 필요한 신경세포 수의 수천만 배
에 이를 것이다(참고로 대뇌피질에 있는 신경세포의 수는
약 백억 개임을 밝혀둔다). 그러니 그걸 움직이려면 의지만
으론 되지 않는다. 교범도 필요하고 훈련도 필요하며, 거기
에서 즐거움을 느끼도록 만드는 도파민 분비 시스템도 필요
하다. 지금 그게 쉬울 리가 없다. 그러나 언젠가는 한국문
화의 향수자들도 그럴 수 있어야 한다. 그것만이 문화의 '향
락'이 아니라 '창조'로 가는 길이기 때문이다.

---

* 덧붙이자면, 르누아르의 〈거대한 환상〉(1937)이 '명예로움'의 환
상성을 폭로했다면, 프랑수아 트뤼포의 「쥘과 짐」(1961)은 '사랑의
자유'가 내포한 환상성을 폭로한다.

여하튼 이런 불운에도 불구하고, 아니 불운 때문에 김명리의 시는 콜레트류와 다른 점을 보여줄 수 있었다. 지금까지의 분석을 통해서 음미해본 것처럼, 세공 취향에 대한 윤리적 질문이 그것이다.

그러나 그것만이 아니다. 그는 자신의 불운을 세공의 수틀에 넣어서 삶의 여정에 포함시키는 일에 진력하였다.

　죽은 줄 알고 베어내려던
　마당의 모과나무에
　어느 날인가부터 연둣빛 어른거린다
　얼마나 먼 곳에서 걸어왔는지
　잎새들 초록으로 건너가는 동안
　꽃 한 송이 내보이지 않는다

　모과나무 아래 서 있을 때면
　아픈 사람의 머리맡에 앉아 있는 것 같아요
　적막이 또 한 채 늘었어요

　이대로 죽음이
　삶을 배웅 나와도 좋겠구나 싶은

　바람 불고 고요한 봄 마당
　　　　　　　　　　—「바람 불고 고요한」 전문

표제시다. 시인은 우선 죽음의 감지를 알린다. 우리 독서의 맥락에서 읽으면, 이는 기다림의 실패에 대한 인식이다. 그 인식은 체념을 낳고, 그래서 아예 애초에 소망의 지표가 되었던 것을 "베어내려"고 한다. 그런데 문득 "어느 날인가부터 연둣빛 어른거린다".

이 '연둣빛 어른거림'은 모과나무의 소생을 실제로 시인이 알았기 때문에 쓰인 것이리라. 그러나 시 안에서 이 사실은 비유로 기능하고 있다. 그리고 비유가 가리키고 있는 숨은 사실은 검증되지 않았다(그것이 검증되어야, 시의 비유 자체가 사실이 된다. 김명리 시가 목표하는 것이다). 그렇다면 모과나무는 어떻게 객관적상관물로 기능할 수 있는가?

연둣빛 어른거림이 "어느 날인가부터" 시작되었다는 점에 주목할 필요가 있다. 이는 시인이 이 소생에 '시간'이 필요하다고 생각하기 때문이다. 그리고 이 시간은 이어지는 시행들을 보면 소생 의지가 실행되는 과정이다. 또한 이 과정 속에서 소생의 사건은 결코 미리 도래하지 않는다. 이어지는 세 행은 세 가지 정보를 전달하고 있다.

(1) "얼마나 먼 곳에서 걸어왔는지": 죽음에서 소생으로의 변화는, 극에서 극으로의 변화이다.
(2) "잎새들 초록으로 건너가는 동안": 꽃핌의 실패는 꽃의 개화에 대한 시도를 반복시키는 것이 아니다. 꽃이 피지

않는 대신, 잎새들이 꽃이 붉은 만큼 푸르게 일렁이게 된다.

　(3) "꽃 한 송이 내보이지 않는다": 실제적인 성취가 도래하기까지는 미리 성공을 자축할 수 없다. 또한 성급한 자축은 실제로 살아나는 것이 꽃이 아니라는 점을 깨닫지 못하게 한다.

　이 세 가지 정보는 첫째, 시간이 '의지가 실행되는 과정'이라면 이 과정은 사실이 아니라 '당위'로서 제시된다는 것을 우선 가리킨다. 극에서 극으로 넘어가는 일에 자연스러운 일은 없다. 거기엔 필사적인 의지와 계획과 고안과 실천이 개재되어야 한다. 다음, 그것이 자연스럽지 않다는 것은 또한 자연의 순환성을 김명리식 극복 방정식은 거부한다는 것을 가리킨다. 꽃이 피지 못했으면, 꽃이 다시 필 것을 기다리는 헛된 기대에 사로잡히지 말고, 꽃이 피지 않은 대신 살아난 것에 최대한 생명을 부여해야 하고, 그로부터 새로운 생명 형식의 탄생을 도모해야 한다는 것이다. 바로 그렇기 때문에 여기에는 주관적 신념 혹은 신앙이 끼어들 여지가 없다. 이것은 말 그대로 통째로 인간과 대상의 동시 병발적 진화 과정일 따름이다. 여기까지 오면 언어의 세공이 기술이라는 것의 진정한 함의를 깨닫게 된다. 기술은 정교할수록 좋은 것이다. 왜냐하면 그것이 실제적인 편리를 제공하기 때문이다. 즉 현실을 갱신시키기 때문이다. 마찬가지로 시적 비유는 정련될수록 사실 그 자체가 된다. 이때 사실은 객관적으로 이미 이루어진 사실이 아니라, 인간이 세상에 교정의 붓을 그어대면서 이루는 행위적 사실이다. 그런데 그게 진짜 사실인 것이다. 시만 그런 게 아니라 과학도 그렇다는 것이 점점 강화되고 있는 과학적 진리에 대한 사람들의 깨달음이다.

바로 이렇게 소생의 과정이 '사실로서의 당위'로서 제시되기 때문에, 이어지는 연들이 자연스럽게 나온다. 소생의 과정은 축제의 사건이기에 앞서서 고독한 투쟁을 주문한다. 그래서 "적막이 또 한 채 늘"어난 것이다. 그리고 그럴 때 우리는 죽음이 죽음의 상태 그 자체로서 신생으로 바뀌는 전체적인 맥락을 조망할 수 있다.

이 자기 이해의 과정을 거쳐 다음 연이 나온다.

이대로 죽음이
삶을 배웅 나와도 좋겠구나 싶은

이 구절은 조건의 충족을 말하고 있다. 죽음이 삶으로 바뀌어야 한다는 당위의 표명에 앞서, 당위를 정당하게 만드는 논리적 근거를 배치했다는 것이다. 그 논리적 근거 때문에 당위는 사실이 될 조건을 갖춘 것이다.

그러니 이제 시는 죽음이 삶을 배웅 나오는 과정을 이 자리에서 실연하고 있는 것이다. "배웅 나와도"의 '나오다'는 서정주적 현장성을 슬그머니 강조하고 있다. 독자는 이걸

느낄 수 있어야 한다. 왜냐하면 이 시 자체가 죽음이 삶으로 바뀌는 실연의 행위이니까.

지금까지의 설명 전부를 요약해, 이 행위는 철저히 고요해야 하며, 동시에 뜨겁게 생동해야 한다. 그것이 마지막 행이자, 시 제목을 이루는 '바람 불고 고요한'이 지목하는 것이다. 독자들이여, 그대의 시냅스들을 최대한도로 늘려서, 고요한 태풍을 일으키고 싶지 않은가? 거기에 우리의 불운을, 천박한 시대와의 불화를, 공생의 신명으로 돌연변이시키는 비밀이 속해 있을 것이니 말이다.

5. 메지대며

필자는 김명리 시를 분석하는 데에 통상적인 논증 방식, 즉 여러 시들에서 유사한 시구들을 다수 채집함으로써 증거를 대고 가설을 증명하는 방식을 취하지 않고, 단 몇 개의 시만을 취해, 전문을 분석하고 해석하는 방식을 택하였다. 이는 무엇보다도 김명리의 시가 그런 방식을 요구하기 때문이다. 생각해보라. 보석을 감상하는 데 여러 보석들을 늘어놓고 비교하는 사치에 앞서, 한 알의 아름다움을 충분히 느껴야 하지 않겠는가? 그 도취의 시간은 단 한 편에 대해서조차 무한정 늘어나고 주석의 공간 역시 한계가 있을 수 없다. 이미 허용된 지면을 추월했는데도, 나는 겨우 서너 편만을 읽었을 뿐이다. 나의 아쉬움은 그러나 독자의 '읽을 권리'가 솟아나는 계기일지니, 그대들이 스스로 완상할 보석들의 주렴이 이리도 길게 드리워진 것을 보고 또 보시라.

김명리　1983년 『현대문학』을 통해 작품활동을 시작했다. 시집 『물 속의 아틀라스』 『물보다 낮은 집』 『적멸의 즐거움』 『불멸의 샘이 여기 있다』 『제비꽃 꽃잎 속』, 산문집 『단풍 객잔』 등이 있다.

─ 문학동네시인선 179
바람 불고 고요한
ⓒ 김명리 2022

─ 1판 1쇄 2022년 9월 7일
1판 2쇄 2022년 10월 14일

지은이 | 김명리
책임편집 | 정민교
편집 | 정은진
디자인 | 수류산방(樹流山房) 본문 디자인 | 최미영
마케팅 | 정민호 이숙재 박치우 한민아 이민경 안남영 왕지경 김수현 정경주
브랜딩 | 함유지 함근아 김희숙 고보미 박민재 박진희 정승민
제작 | 강신은 김동욱 임현식
제작처 | 영신사

펴낸곳 | (주)문학동네
펴낸이 | 김소영
출판등록 | 1993년 10월 22일 제2003-000045호
주소 | 10881 경기도 파주시 회동길 210
전자우편 | editor@munhak.com
대표전화 | 031) 955-8888 팩스 | 031) 955-8855
문의전화 | 031) 955-2689(마케팅), 031) 955-2675(편집)
문학동네카페 | http://cafe.naver.com/mhdn
인스타그램 | @munhakdongne 트위터 | @munhakdongne
북클럽문학동네 | http://bookclubmunhak.com

ISBN 978-89-546-8017-2 03810

www.munhak.com

─ **문학동네**